春を待つ

大平春子句集

Ohira Haruko

ふらんす堂

序

大平春子さんは「樹氷」の中でも極めてユニークな存在である。俳人としての発想のユニークさは、この句集を読んでいただければ納得いただけると思うが、春子さんの人柄や存在そのもののユニークさも「樹氷」内では有名である。ヴァイタリティに溢れ、常に前向きな性格、そして県内各地の俳句大会や句会へと愛用のキャリーバッグを引いて現れる姿は俳句に詠まれるほどである。その姿は、この句集に収められている「泣き笑い」というエッセーからも窺える。

春子さんは昭和二十年に花巻市（旧石鳥谷町）で生まれた。花巻北高等学校を経て東北学院大学英文科へ進み、卒業後は谷村学院高等学校（現花巻東高等学校）の英語の教師となったが、三年ほど勤務した後、結婚のため退職。順風満帆の生活が続くと思われたが、夫君は小学校五年生の長男と小学校一年生の長女を残して他界。春子さんは女手ひとつで子育てに奮闘され、現在は三人の孫を持って幸せな毎日を送っているという。苦労も多かったことと思われるが、物事を前向きに捉える春子さんから愚痴を聞くことはない。

そんな春子さんは、NHK文化センター（北上教室）で小林輝子さんから俳句のいろはを学んだ。その才能を輝子さんに見込まれ、平成二十四年に「樹氷」入会。めきめきと力をつけ、すぐに雑詠欄上位に定着し、平成二十六年十一月号では次の五句で初巻頭となる。

匂ふまで研がるる刃新樹光
床拭きの仕上がりはかる素足かな
洗はれて風蘇る網戸かな
座り胼胝隆と廻廊ゆく素足
半眼のまなぶた金に青蛙

その後も、平成二十七年五月号（〈千六本刻むリズムに句の生れ〉〈半双の句屏風子らの秘密基地〉など五句）、平成二十八年三月号（〈国の明日論じ種なしぶだう食む〉〈無秩序といふ秩序ある大花野〉など五句〉、平成三十一年一月号〈〈万緑に濾されて甘くなる空気〉〈欲しきものなきさみしさよ花氷〉など五句〉で巻頭をとるなどの目覚ましい活躍を続けてきた。これまでに、「樹氷」の「選後鑑賞」欄で取り上げられた句の数は、四十四句にも及ぶ。

そして令和四年には樹氷賞を獲得し、木霊集同人〈自選同人〉となった。この樹氷賞は令和三年に新設された賞で、同人欄である樹響集の作品を選考委員が審査し、その年度のもっとも優れた同人を選出するという、「樹氷」における年度最高賞である。選考委員からは「豊富な語彙を駆使し、展開も発想も豊かである」、「俳諧味たっぷり。軽やかな詠みぶり。読み手の笑みを誘う」などの高い評価を受けた。

春子さんの句は発想が命。そのため比喩の句が多いが、どの句もオリジナリティがありおもしろい。

疑問符のごとくに立つ鷺秋の暮
残る雪バームクーヘンめく縞目

放課後のやうな静けさ木の実降る
文様のあみだくじめくメロンかな
藪深くパンダのごとく残る雪
無限大のかたちに果つるみみずかな
半の字の形に果てて秋あかね
天井板般若に見ゆる風邪の床
花びらに磁力ありけり花筏

まだまだあるが、あとは句集を読んでのお楽しみとしよう。
春子さんの句はユーモアもたっぷりで、思わず吹き出してしまうような句も多く、読者を飽きさせることがない。

女正月聞かせどころはこゑ落とし
ハスキーも二重まぶたも風邪の功
うららかや門の乳鋲のＦカップ
眼力や岡本太郎似の蝗

大根を健康器具へ懸けにけり
ライバルと同じ香水てふ不運
女にも七人の敵紙懐炉

時には、次の句のような自虐ネタも披露する。

おそろしやかくまで似合ふちやんちやんこ
ことはりもなしに老いゆく初鏡
白和へになりゆく化粧夏の果
黒牛めくやカシミアのコート着て

しかし、本当の春子さんは非常にお洒落で、いつも身なりに気を使っている。

春愁や胸にひやりとネックレス
ペディキュアの十指十色や夏旺ん
ペディキュアをトルコブルーに替へて夏
ゆく夏や履かずじまひのピン・ヒール

春浅しファッション・ショーをひとりして

春子俳句のユニークさや楽しさをお分かりいただけたことと思うが、春子さんの句の本当に良い部分は次のような句にこそある。

小鳥くるたれとも話したくなき日
真鍮のノブの手ざはり冬はじめ
トーストは聖書の厚さ涼新た
啄木忌よきことのみを書く日記
新しきノートの匂ひ花こぶし

配合の句をあげてみたが、季語の斡旋に春子さんの感性の良さが表れていて、詩としての味わいがある。

春子さんの感性の良さやユーモアのセンスは、俳句のみならず文章にも遺憾なく発揮されていることは、岩手芸術祭随筆部門で平成三十年度と令和元年度の二度にわたり芸術祭賞を受賞したことが証明している。その随筆もこの句集に収めたのは、春子さんらしいサービス精神の表れであろう。読めば春子ワールドに引き込まれること間違いない。随筆を読んでから、もう一度俳句を読み直すと、おもしろさが倍増するだろう。

家中の鏡を磨き春を待つ

この句から句集のタイトルを付けたという。この句からも春子さんらしい前向きで真摯な生き様が感じられるではないか。句集出版は人生の一区切りではある。しかし、人生はまだまだこれから。今後も春子さんらしい句を詠み、文章を綴り、人生を楽しんでいただきたい。

春子さんの今後のさらなる活躍に期待しつつ、この優れた句集の上梓を心からお祝い申し上げます。

令和五年四月十八日

白濱一羊

春を待つ＊目次

題字・著者

句集

春を待つ

聖書の厚さ

平成二十五年〜二十七年

杉花粉遠くへ行きたがる男

ちぎり絵の和紙をぼかして春の雪

しやくとりの測りかねたる磨崖仏

みどり眼に納めてよりの視力表

蛇苺見てはいけないやうな色

ひまはりの閲兵隊へ答礼す

五十年経るもマドンナ白桔梗

どこまでもゴッホの色の稲田かな

野ぶだうのいまだかけざる釉

疑問符のごとくに立つ鷺秋の暮

黄落やパントマイムの道化服

小鳥くるたれとも話したくなき日

真鍮のノブの手ざはり冬はじめ
おそろしやかくまで似合ふちやんちやんこ

蜜柑の皮むかれ海星となりにけり

冬ざれや潜水艦のごとき鯉

遺影の夫いよいよ若し十二月

牛乳もオイルも注ぐ柚子湯かな

ことはりもなしに老いゆく初鏡

酔筆の巳を全幅に吉書かな

富士見ゆる階へ越ししと年賀状

女正月聞かせどころはこゑ落とし

どこよりも密に母校の冬芽かな

無きはずの扁桃うづく余寒かな

さみしさやはばかることのなき朝寝

欄外へ捨て印ひとつ落椿

蜘蛛の子の散るや下校の子らのごと

つば広の風を捉ふる夏帽子

匂ふまで研がるる刃新樹光

洗はれて風蘇る網戸かな

座り胼胝隆と廻廊ゆく素足

半眼のまなぶたの金青蛙

踏切の音の遠のく暑さかな

ぶんと来てブローチとなる金亀子

白和へになりゆく化粧夏の果

秋風鈴やぶれかぶれの吹かれやう

天高し丈余の美濃へ揮毫して
くさび形に差し込む朝日冬はじめ

千六本刻むリズムに句の生れ

ハスキーも二重まぶたも風邪の功

燻製になりたる心地落葉焚
着ぶくれてなにやらきなな臭き背中

水底に紅の箸とも蓮芽組む

目鼻なき紙雛なにもかも見てゐ

残る雪バームクーヘンめく縞目

葉桜や黒板といふみどり色

あんみつやなはん言葉のつい出でて
土灼けて国取り地図のごとき鯆

愛されずして紅まとふ蛇苺

父親といふ異性あり水羊羹

世界遺産貸し切りにしてあめんぼう

喪章とも胸におはぐろとんぼかな

トーストは聖書の厚さ涼新た

冬瓜も相談事も抱へ来る

入るる刃を離さぬ芋の粘りかな

聞き上手うなづき上手ゐのこ草

国の明日論じ種なしぶだう食む

藤の実の候文のごとく垂れ

無秩序といふ秩序ある大花野

ホットココア家庭教師の様子見に

地球のにきび

平成二十八年〜三十年

コート着て巨き女となりにけり

厚着してなほも細身といふ若さ

豆撒やライス・シャワーのごとく浴ぶ

うららかや門の乳鋲のFカップ

咲き満ちて息の苦しき藪椿

春雨や賢治の印の傘借りて

ずる休みの続きのやうな春休み

春愁や下ろし金にもある表裏

噴き出づる地球のにきび蕗の薹

癖のなき研ざ師の砥石冴返る

きらきらと地球のうぶ毛春の草

冴返る砥石に残る夫の癖

葱坊主ただいま第二反抗期

かげろふや宇宙遊泳めく歩み

菖蒲湯や昇り龍めく蒙古斑

万緑や少年一気に青年へ

宙吊りの毛虫に逆さの毛越寺

あめんぼの手足三三七拍子

青葉闇抜け来し貌の聖めく

縮れつ毛いよいよ縮れ梅雨に入る

ぷつつりと切るおかつぱの眉涼し

手つかずのマニキュアの曇夏終る

鬼ゆりやそばかす濃ゆき少女の日

微妙なる距離の立ち位置男郎花

放課後のやうな静けさ木の実降る
ゴッホの黄マチスの赤や花カンナ

はたはたの捕へてみよと桂馬とび
白壁へキの字キの字のとんぼかな

こそばゆき女生徒のこゑ赤い羽根

実ざくろや冂のとんがる反抗期

背後より破調の羽音秋の蜂

おそらくは女性名詞や青瓢

シスターの大股にゆく神無月

丸くなるな丸くなるなと花八手

凍裂に匂ひありけり童話村

百歳は想定内と女正月

引き算といふ美学あり冬木立

釘工場の湯気もくもくと春立てり

先生のスカートふはふは春休み

わたあめの噴き出す勢ひ春吹雪

堅雪を石材のごと切り出せり

春愁や胸にひやりとネックレス

黄水仙残し更地となりにけり

マロニエの幹の迷彩春の雨

吸取紙になりたる心地梅雨深む

北の字に似るみちのくのあめんぼう

朝涼や抜き足差し足めく気功

夏座敷墨痕太き命名紙

人目なき時ははしこき蝸牛
文様のあみだくじめくメロンかな

欲しきもの無きさみしさよ花氷

校庭を渡り切れずに蚯蚓果つ

ペディキュアの十指十色や夏旺ん

奔放のコスモスなだめつつ括る

使ひ切る固型石鹸涼新た

野ぶだうのいまだ素焼のうすみどり

噴き出づる地下のマグマや曼珠沙華

木乃伊のごときコンビニの焼秋刀魚

なんにでもレモンをかけて嫌はれて

桃の花

平成三十一年〜令和二年

放心の態に風待つ秋桜

ふつくらとゴブラン織りに山粧ふ

神経なき奥歯の疼き冬に入る

ポストまで誰にも逢はぬお元日

転入の少女が標的雪合戦

夫に見え妻には見えぬ雪女

百歳は射程距離内ちゃんちゃんこ

鬼房の一行詩めく軒つらら

ひらがなはふつくら書けと師寒雀

藪深くパンダのごとく残る雪

子の進言苦しはうれん草甘し
まんつまんつとまんさくへ近寄りぬ

春泥に盗人めきし靴の跡

白酒やかちりと米のかけら嚙み

たんぽぽや笑ひ上戸の多産系

ひまさうなショップ・スタッフ水中花

草刈つて甘きかをりの媚薬めく

蕩蕩と黄河のごとき代田かな

やさしさは見せないやうにサングラス

ふるふると身を立て直すゼリーかな

ペディキュアをトルコブルーに替へて夏

ででで虫のどこもかしこも曲線美

短夜の夢の答案白きまま

日傘の男白浪五人男めく

現身より濃き影落とす糸とんぼ

ゴーギャンの裸婦のごとくに雲の峰

刃を知らぬ少女のうぶ毛枳殻の実
鶏頭花タンゴのドレスのフリルとも

アセチレンに酔ひ人に酔ふ秋祭

出席に○してよりの秋思かな

ぷつくりとつの字つの字の栗の虫

不規則に規則的なる吊し柿

紫外線だいじ大事とゆく小春

鬱鬱と鬱の字に似るブロッコリー

青ペンキあらはに人工池涸る

冬至かぼちや百までゆけそゆくつもり

書き出しを戸惑ふ冬のあたたかさ

媼にも家出願望春ショール

春泥をよける嫗の桂馬とび

ガリバーになりたる心地いぬふぐり

紙飛行機めく飛行機や春の虹

たんぽぽやひらがなのみの散らし書

マカロンの五色に開くスイートピー

見上ぐれば万華鏡とも吊し雛

よその子の成長早し桃の花

三姉妹の次女てふ不運桃の花

巌鷲山に始まる校歌残る雪

茶柱の立たぬ極上新茶かな

水すまし羽生結弦を気取りけり

ぼたん散るけものの匂ひ放ちつつ

地卵の黄身の高さや聖五月

覚えなき腟の青あざ夏旺ん

燕の子平行四辺形の口

十段のソフトクリーム箸で食む

ゆく夏や履かずじまひのピン・ヒール

初あらし順調に来る反抗期

七賢のあらはれさうな竹の春

秋暑し水道水のうまきこと

刻まれて星屑となるオクラかな

竹春や成長痛の見学児

春を待つ

令和三年〜五年

眼力や岡本太郎似の蝗

うすうすと透けくる本音秋の雲

マネキンの八頭身の案山子かな

泣き声のやうな鳴きごゑ鳥渡る

神の留守絵馬に誤字あり脱字あり

風受けて音叉となりぬ冬木立

大根葉関羽の鬚のごと干され
ゴッホの黄冬たんぽぽの点々と

二リットルの牛乳注ぐ初湯かな

クレープをうすく焼き上げ春を待つ

マンホールの蓋黒々と春隣

家中の鏡を磨き春を待つ

転びそで転ばぬあんよ春を待つ

激論の三者面談春浅し

こつそりと買ふ千切りの春キャベツ

春風を切るナナハンの老ライダー

新しきノートの匂ひ花こぶし

啄木忌よきことのみを書く日記

二竿の真白きむつき風光る

青邨の散らし書とも鼓草

江になり切つてゐるみみずかな

かぐや姫入つてゐさう今年竹

ころもがへセーラー服は空の青

初夏や髭うすうすと八歳児

無限大のかたちに果つるみみずかな

帰宅部の男子香水匂はせて

菩薩めきたり半眼の昼寝の児

骨密度上ぐる体操雲の峰

電話機へ座布団乗する昼寝かな

秋澄めり糸尻に研ぐペティナイフ

洋梨の多産系めく大き尻

灯火親しサルトルの大活字本

半の字の形に果てて秋あかね

秋ふかし図書館よりの督促状

双子用ベビーカーゆく小春かな

番傘に油の匂ひ初時雨

大根を健康器具へ懸けにけり

天井板般若に見ゆる風邪の床

黒牛めくやカシミアのコート着て
直立の紙のナプキン寒に入る

靴跡に気付くがに股今朝の雪

ポインセチア時に破調のハンドベル

女にも七人の敵紙懐炉

春浅しファッション・ショーをひとりして

春休み職員室に赤ん坊

うららかや読まずに返す図書五冊

シルエットは寺山修司春コート

うららかや下まぶたより閉づる鶏

諳ずるマイナンバーや万愚節

花びらに磁力ありけり花筏

風光るつむじ二つの男の子

傾がせて沢音容るる白日傘

袖折ろか衿立てやうか更衣

万緑やガイドひとりに客ひとり

ライバルと同じ香水てふ不運
あんみつや最初の匙の入れどころ

十円のガスに烏賊焼く湯治宿

個人的見解桃は硬きを是

生身魂などと呼ぶなと生身魂

一番の不器量を選るラ・フランス

着ぶくれて撫で肩となる怒り肩

人間を駄目にしてゐる炬燵かな

おでん鍋さりげなく聞く志望校

湯豆腐や例の話の後日談

着ぶくれて転がる他はなかりけり

ゆく年や隈取り太き文士劇

見も知らぬ町のごとくに初景色

年玉や電信柱めく十五

オクターブ上げて受けたり初電話

エッセイ

簡易テント

数年前、身内の結婚式があった。黒いベルベットのタイトなワンピースで出席したいと思った。早速、仕立てる。式の一週間前にでき上がってきた。わくわくして鏡の前に立った。「……ボンレスハム……」また太ったらしい。二度も仮縫いしたのに。でも、まだ一週間ある。絶食して痩せてみせる。そう思ったが少々不安だ。そうだ、補正下着の店に行って見よう。

当時、補正下着が大ブームだった。駅近くの小さなビルの二階にその店はあった。スタッフは女性四人。チーフらしき人が「何か？」と声をかけてきた。事情を説明する。彼女は「お痩せになる必要はありません。これを着用すればドレスがすんなり入ります」と、自信満々だ。

すぐにコンピューターで全身のサイズを測り、その数値に合ったものを沢山のセットの中から選んでくれた。一セットが七、八種類のパーツでできている。皆、強力なゴムテープやメッシュ地だ。コルセットなどは、整形外科のものより頑丈そうだ。ワイヤー、ホック、ジッパーなども非常に緩みなくしっかりとできている。

試着室で二人のスタッフにキリキリと着付けしてもらう。ものすごく苦しい。昔、観た「風と共に去りぬ」の有名なシーンと同じだ。スカーレットが、柱につかまりながら黒人の乳母にコルセットをきつく締めてもらうシーンだ。私は両手を鏡につけながら締めてもらった。

十分程で終わり、鏡に映ったその姿は、「……透明人間……」。子供のころ、雑誌や漫画によく「透明人間」が登場していた。その姿は、なぜか頭から足の先まで包帯でぐるぐる巻きにされていた。私も頭以外は強力なゴムやメッシュ地でぐるぐる巻きにされている。正に漫画の中の「透明人間」そのものだ。

その上に、着て行った灰色の地味なワンピースを着けて再び鏡の前に立つ。驚いた。首から下がマリリン・モンローになっている。九頭身になっている。冴えない服がすてきなドレスになっている。

こんなにも変われるなんて。欲しいと心の底から思う。高額なことは知っている。でも、こんなにも変身できるのだから買う価値はある。「いただきます」と、チーフに告げる。多分、瞳の中には星とハートがキラキラしていたに違いない。チーフにとっては鴨葱だ。

チーフはすぐに色違いの二セットも用意する。三セット買うことになった。高額×三セット……。チーフは急いで包む。ものすごく大きな包みになった。

胸に抱くとポンカポンカと弾む。簡易テントの感触に似ていると思った。多分、材質がほとんど同じだからだろう。

チーフは「お式はどちらで?」と聞く。「○○温泉」。「ホテルは?」、「○○ホテル」。「何時から?」、「二時」。

随分詳しく聞くんだなあと思ったら、「それでは当日、その時間に私どもが着付けて差し上げます」と言う。

着物の着付けに美容師さんが会場に来てくれることは知っているが、補正下着を着付けに来てくれるとは初めて聞いた。そのくらい着付けが難しいことを彼女たちが一番良く知っているのだ。でも、「練習して、一人で着付けるので結構です」とお断りした。

当日、会場の控え室で、なんとか一人で着付けた。九頭身だ。黒のベルベットのドレスもすんなり入った。

しかし、大変なことに気がつく。締め上げすぎて体が鉛筆状態なので椅子に座ることが困難なのだ。ぽきりと折れそうだ。椅子から一、二センチ腰を浮かして座る。脂汗が出る。早く終わってくれることのみを願いつつ二時間を耐えた。

以来、一度も着用していない。未開封の二セットと合わせて三セット、大きな包みのままクローゼットの奥に眠っている。

無駄な買い物だった。でも後悔はしていない。あのとき、確かに首から下はマリリン・モンローになれたのだから。

終活が流行っている。処分することにした。お別れに胸に抱くと、ポンカポンカと弾む。やはり簡易テントの感触に似ていると思った。

（二〇一八年岩手芸術祭随筆部門芸術祭賞）

母さん、何しに来たの？

真夜中に何度も何度も電話が鳴る。午前二時だ。おそるおそる出る。息子の友人のY君からだった。息子は仙台の学校へ通っている。「ごめんなさい。事故っちゃいました。A君が救急車で運ばれてゆきました」物凄く取り乱している。事故の大きさを感じた。四人でドライブ中、助手席の息子だけが大怪我をしたというのだ。心臓が止まりそうだった。病院名を聞き、すぐ向かうと告げる。どうしよう。とにかく行かなければ。高校生の娘に留守を頼み、朝一番の新幹線で仙台へ向かう。

病院は八階建の大きな総合病院だった。鉛のような足で受付に向かう。消え入りそうな声で名乗る。係の方は、「ああ、夕べの救急車の方ね。今、ICUにいます。ICUはそこのエレベーターに乗って七階で降りればすぐ目の前ですよ」と言う。ICU……。言葉を失った。覚悟を決めなければならないかもしれない。足が動かない。彼はまだ十九歳の未成年だ。何があろうとも親の承認、承諾が必要だ。彼は小学五年の時に父親を亡くしている。片親の私がその重責を担わなければならない。決心をしてエレベーターに乗る。祈るほかなかった。止まったら降りなければならない。止まるのが恐ろしかった。七階に着く。本当に目の前がICUだ。大きな白い引き戸。彼に何かあったら私もと真剣に思う。

ICUのドアの前に立った時のあの思い……。今でも鮮明に思い出す。自分が生きているのか死んでいるのか分からなかった。息を止めて、そっと開ける。軽く開いた。

「母さん、何しに来たの？」のんびりしたいつもの彼の声だ。あっ、生きている！　よかった。神様はいらしたのだ。ベッドの傍へ寄ってみる。顔にはまだ血糊がそちこちにこびりついている。大丈夫そうだ。眼の奥もじっと覗いてみる。大丈夫そうだ。よかった。安心して周りを見回す。大きな部屋だ。普通の病室の四個分位はある。部屋の中には医療機器などは何もない。人も誰ひとりいない。大きなベッドがひとつあるだけ。そのベッドは何だか太平洋に浮んでいる白いヨットのように見えた。彼は右足と右肩を天井から吊るされている。どちらも添え木を当てられ包帯でぐるぐると巻かれている。ものすごい大きさになっている。まるで大太鼓みたいだ。

　重傷だが大丈夫と確信する。すると、むくむくと怒りがこみ上げて来た。今までの心配と絶望とで張り裂けそうになっていた胸の反動だ。こんなに心配していたのに、「母さん、何しに来たの?」という能天気なセリフは、あまりではないか。ごめんねとか心配しないでとか言えないのか。しかし、親子喧嘩をしている場合ではない。とにかく相手は重傷なのだから。早く娘に知らせたかった。心配しているだろう。「下で電話してくるね」と言って部屋を出る。

ああ、この世は何と美しい色と光に満ち溢れているのだろう。自動販売機のボトルのラベルのいきいきとした色、売店の菓子や果物は、リオのカーニバルのような華やかさだ。窓の外は青空。事故の報を受けて以来、今の今まで無彩色の中をさまよっていたのだ。あまりの心配に色彩を感じられなかったのだ。

主治医によると、右肩の骨折の治療が主なものという。手術になるが、若いから大丈夫でしょうということだった。治療の途中で二、三のトラブルはあったが、三ヶ月後には完治して退院という運びになった。

それから二年後、卒業して引き上げて来る時、段ボール四箱を預かってくれと頼まれた。その中の一箱の蓋が開いていた。何気なく覗くと三分の二に教科書が入っている。残りの三分の一には手紙の束が入っていた。その束は整然と恭しく納められていた。私からの手紙だ。胸が熱くなった。処分したってよかったのに。彼の思いがうれしかった。

死ぬほどの心配をさせられたことも、あの能天気なセリフも、みんなみんな許してあげてあまりあると思った。


（二〇一九年岩手芸術祭随筆部門芸術祭賞）

ニースの夏の風

みちのくの冬は長い。大げさに言うと半年間は寒い日々だ。雪、雪かき、氷などという語は見るのも言うのも書くのも嫌だ。もし次の世があるのであれば、そして人間に生まれてこられるのであれば温暖な地にしていただきたい。

それだけに春、夏はうれしい。特に夏が良い。生きているという実感が湧く。どんなに暑くてもかまわない。夏を迎えるとわくわくする。夏らしいアイテムを買ったり、夏しかできない体験をしたりしてその年を楽しむことにしている。

ある年、春の終わりに夏らしいものを見つけに仙台のデパートへ行った。入り口の帽子売り場で足が止まった。ひときわ、目を引く帽子がある。上等なストローで編まれたつばの広い帽子だ。イタリア製だ。「風と共に去りぬ」のスカーレットが園遊会でかぶっていたのと同じ形だ。つばのカーブが美しい。同色の細めのリボンがクラウンに巻かれてある。欲しいと思う。かなり高額だ。断トツにすてきだ。

その周りだけ「ニースの夏の風」が吹いているようだ。外国へは一度も行ったことのない私だが、何だかそのように感じた。

少し頭を冷やしてこよう。館内の他の売り場ものぞいてみる。でも、やはり帽子のことが頭から離れない。天の声が聞こえる。「ひと夏の帽子にしては高価すぎませんか?」

また別の天の声が聞こえる。「そんなに欲しかったら買ったらいかが？年を取っても欲しいと思うものがあることは幸せなことよ。今日という日が一番若いのよ。買ったら？」

後の声は何だかデパートの販売嬢のようなセリフだ。天の声にもいろいろあるんだなあ。

決心した。清水の舞台から飛び降りる思いで買うことにした。きっと大切に大切に長く使ってみせる。

販売嬢はその帽子専用の帽子ケースに入れてくれた。大きな帽子なのでケースもかなり大きい。帽子ケースに入れて渡してくれるような帽子を初めて買った。そういえばヘップバーンやグレース・ケリーなどはよく帽子ケースを持って歩いていた。映画の中で。

帽子ケースを提げて帰路に就く。大きいケースだがセミのはねのように軽い。うれしい。何だかスカーレットになった気分だ。

夏は短い。さっそく翌日よりかぶって出掛ける。あまりに大きい帽子なので、後ろから来る人は追い越しざまに帽子の中をのぞいてゆく。大きすぎて身長とのバランスが取れないから変に思ったのだろう。でも、「きっと目立つ帽子だからなんだわ」と善意に解釈することにした。

電車に乗る時は網棚にふんわりと形を崩さぬように置く。ある時、網棚の帽子を忘れて降りてしまった。その電車は一ノ関駅が終着だった。帰宅してすぐ一ノ関駅へ連絡を入れる。係の方が電話に出てくださった。若い男性の声だ。

「届いています、届いています。とてもすてきな帽子ですね。こんな帽子をかぶる女性はどんな方なんだろうと今、皆でうわさしていたところなんですよ」「……」。行けなくなってしまった。高齢者が現れては彼らの夢を壊してしまう。

「預かってくださってありがとうございます。急用ができましたので取りにゆけません。お手数をおかけして申し訳ありませんが、着払いで送っていただけないでしょうか。お忙しいところ申し訳ございませんがよろしくお願いいたします」。

二日後に空飛ぶ円盤のような大きな包みで届いた。クラウンには型崩れしないようパッキングが詰められていた。つばも真っ白い紙で丁寧に覆われている。本当にお忙しい中、余計な仕事をさせてしまった。申し訳なかった。心からの礼状を書かせていただいた。皆さまの夏も楽しいものでありますようにと願いつつ。


（「北の文学」七八号より転載）

青春の「善き牧者修道院」寮

仙台での学生時代の前半は寮で暮らした。原町の高台にカナダの「善き牧者修道院」があった。それに併設されてある女子寮だ。堅牢な建物で内部も重厚で立派だった。部屋も小さいながらも個室だ。建物に入ると、いつもクッキーの匂がしている。カナダのメープルシロップの香だ。寮生は二十人ほど。小学生から社会人まで様々だ。予備校生と大学生が一番多く、半数を占めていた。寮長様はカナダ人シスターのノーベル様だ。ばら色の頬、明るい眼をしている。三十代後半位に見えた。

寮の規則では、夜の九時以降は、「沈黙」の時間だ。ノーベル様は抜き打ちで巡回に来ることがよくあった。彼女が来ることはすぐ分かる。僧衣の腰に下げている大きな鍵束のジャラジャラという音と、革靴のコツコツという音とで。私達はそれを聞きつけると、すぐ蜘蛛の子を散らすように、自室へ戻り机の前に座る。彼女が去ってゆくと、又こっそり集まっては、声をひそめておしゃべりをしていた。

私は毎日のように母へ手紙を書いた。当時（昭和三十八年）は電話料金よりも、手紙の方が安かったのだ。「足長おじさん」と同じ世界が広がる毎日だ。主人公のジュディ・アボットになり切って、絵や図まで添えて面白おかしく、せっせと書いた。家中で大笑いしながら読んでいたという。特に当時、中学生だった妹は、この便りをとても楽しみに待っていたという。〝青春〟に思えたのだろう。

ある時、寮生全員でノーベル様を食堂にお招きし、話し合いの時間を持ったことがあった。大テーブルの真正面に座って頂く。堂々として威厳あふれる姿だ。陳情と改革のような内容だったと思う。彼女は顔色も変えずに真っ直ぐ前を向き真剣に聴いていた。

その後すぐ、私は寮長室へ呼び出された。その部屋は修道院の中にあった。初めて入る部屋だ。整然としている。何だか校長室のような感じだ。大きな机に彼女は座っている。

「ハルコサン、アナタはあの中で一番アタマがイイデス」から始まった。〝頭脳明晰〟という意味ではない。扇動した首謀者だと決めつけているのだ。声が大きく、よく喋る私が目立ったのだろう。しかし、旗振りは私ではない。年長者達だった。でも、私はそのことを言わなかった。「何か言いたいことがあるのなら、皆の前ではなく、一対一の時に話すようにしなサイ」と諭された。気分を変えるように、「私の若い時の写真を見せマス」と言って、机の中から一枚の写真を取り出した。二十歳位に見えた。白い華やかな夏服だ。ハリウッド女優のようなポーズを取っている。肩を越す長さの髪をこれ以上ない位、フワフワ、クルクルにカールさせている。豊かな美しい赤毛だ。白黒写真でも赤毛ということがはっきり分かった。「きれいな髪」と呟く。「私はとても美しい赤毛だったのデス」と彼女は胸を張った。「カナダでは、身内から修道女が出るということは、一族にとって大変、名誉なことなのデス」と又、更に胸を張った。

その頃、ヘップバーンの「尼僧物語」が名画座にやって来た。寮生みなで観にゆく。シスターと共に暮らしているので、全編、感情移入が出来た。ヘップバーンの尼僧姿は美しかった。でも、ノーベル様も負けてはいないと思った。ラストシーンが今でも目に焼き付いている。還俗した彼女がトランクひとつを提げて僧院を去ってゆく後姿……。

　後年、妹も進学するとこの寮に入った。私同様、楽しい寮生活を送ったらしい。今でも仲間達と会を立ち上げ、定期的に会っているという。「ノーベル様はお元気？」とある時尋ねてみた。昭和五十三年、宮城県沖地震があった。甚大な被害を受け修道院は全壊してしまったという。驚いた。あの堅牢な建物が。これを機にノーベル様は還俗をしたという。「尼僧物語」と同じ結末だ。彼女は今、仙台の街でバーのマダムになっているそうだ。私は彼女の若き日のフワフワ、クルクルにカールさせた豊かな美しい赤毛を思い出していた。

泣き笑い

ハンドバッグは重い。必要最低限のものだけを入れているのに重過ぎる。軽量素材のものを選んでいるのに。寄る年波のせいなのか。

俳句を始めると更に重くなった。歳時記、電子辞書、筆記用具、飲物等々、想像を絶する重さだ。色々と考えてキャリー・バッグを使うことにした。何と軽々と運べることか。どこへ行くのにも引っ張ってゆく。

仲間うちでは、「あのがらがらを引っ張っている人」で通る。はた目には間抜けて見えるが背に腹は代えられない。

句会の帰りマイがらがらがらを引っ張りながらデパートへ寄った。開店何周年とかで全国駅弁大会を開いているという。北海道の烏賊弁当といくら弁当が欲しくて寄ってみた。

店内は大混雑。右手にキャリー・バッグ、左手に店内カートを押して人々の渦の中へ入ってゆく。真っ先に駅弁コーナーへ向かった。あるある沢山並んでいる。

目移りしながら見てゆく。もう少し店内の買物を済ませてから戻って決めようと思った。

人の流れに沿って移動してゆく。デパートは楽しい。私は大好きだ。ゆっくり買物を済ませレジへ並ぶ。ものすごく大勢の人が並んでいる。あまりにも待ち時間が長いので皆、近くの人達と雑談をしている。十分ほどでやっと会計の番が来た。

ない、無い、私のキャリー・バッグが無い。握っていたのは店内カートの取っ手だった。どちらも取っ手は同じ高さでエボナイトの感触も同じだったのだ。

すっと血の引く思いだ。どこへ置き忘れたのだろう。店内に入ってから、かれこれ三十分以上は経っている。

店内カートを近くの方に託してすぐ自分の足跡を辿ってみる。つぶさに店内を二周したが見つからなかった。

店内カートの所へ戻る。預かってくださっていた数人が「こういう時はスリが来ているのよ」と不安なことを言う。

顔色が蒼白を通り越して透明になってゆくのがわかる。

全財産を持ち歩く癖のある私。昨日、買ったばかりの朱赤の革の財布にすべてを整理して入れておいた。カード類、通帳、子供達の個人情報など。

店内放送をして頂けないのかレジの人に尋ねてみる。それは規則上出来ないという。

携帯も財布も無いので案内所へ行って事情を説明し、電話をお借りする。一一〇番だ。

二秒ほどで若い婦警が二人、現れた。日本の警察は素晴らしいとパニックになっている頭のすみで思う。

説明しているうちに男性警官が五・六人現れた。私を入れて十人程の集団になった。

ここでは……、ということで警備室へ移動する。かなり目立つ集団になっている。私がまるで犯罪者みたい。

こんな処にあったんだという形で店の奥にひっそりと警備室はあった。今まで全く気が付かなかった。警備員が二人詰めていた。中は結構広い。三方の壁にびっしりとモニターが備え付けられている。店内の映像が鮮明に映し出されている。

店長が現れた。同席の上で色々と警官の質問に答える。キャリーの中身について詳しく聞かれた。特に財布の形状、中身など警官はメモを取りながら尋ねた。

もうすっかり落ち込んで、人生が終ったと思った。

それにしても店内カートとキャリー・バッグの取っ手が同じ感触だなんて……、同じ高さだなんて……、自分の不注意を棚に上げて残念がっていた。

常々、「物忘れなど無い。忘れ物などしたことなーい」と豪語していた。それなのにあんなに大きな物を忘れるなんて。おまけに駅弁を買うことも忘れていた。

十分ほどすると店長が「惣菜コーナーを通りましたか?」と聞いて来た。

「ふぁーい」もう、よれよれでため息みたいな返事だ。

店長は、「惣菜コーナーの主任が預かっているという連絡が入りました」と言った。

「?」よくわからなかったが、見つかったらしい。よかった！　よかった！　御礼を言わなくっちゃ。うれしさのあまり気が抜けてしまった。ジェット・コースターのような一時間だった。

店長が説明してくれた。「主任はキャリー・バッグが置き去りにされてゆくのを見ていたそうです。安全の為、中に入れて保管してくれていたのだそうです」。

間もなく主任氏が現れた。店内の照明を背に戸口に立っている。右手にキャリー・バッグをぴしりと携えて。三十代位の実直そうな男性だった。仕事着の白衣と白長靴を身につけている。

その姿は、夕日を背に立つ〝大きな羽根のついたエンジェル〟のように見えた。

『私の赤ちゃん！』キャリー・バッグに向かって胸の中で叫んだ。高齢出産で子を儲けた私。うれしくて可愛くて二十四時間じぃーっと見詰めていた。いつも一緒だった。

〝その赤ちゃんが神隠しに遭う。探しても探しても見つからない。絶望の淵に沈んでいる時、突然見つかったという知らせが入る〟

そんな感じだった。三十数年前の育児の真っ只中の時の気持がフラッシュバックした。

キャリーに近づこうとすると警官がそれを制した。そして主任に尋ねる。サスペンスドラマの検事のように。威厳を持って。

「その人はどんな人でしたか？」

主任は「若い人でした」とだけ答えた。

「?!」大変だ。

「私のです。若くないけど確かに私です。預かって下さってありがとうございます」。

やっと普段の大きな声が出た。


（「樹氷」創刊四十周年記念作品・随筆　優秀賞）

人生の帳尻

父は肩幅の広い人だった。父の兄弟もみな広い。がっちりとしている。私たち三姉妹はそのDNAを200%受け継いでしまった。年頃になるとそれが嫌でいやでたまらない。いつもは意見が合わない三人もこの話になると全員意見が一致する。「肩幅が広すぎる父親は男の子を産むべきなのよ。女の子を産むなんて間違い。それも三人も」と訳の分かったような分からないようなことを言ってはため息をついていた。私もいろいろと残念な思い出がある。

その中のひとつ。結婚して数年たった頃だ。主人はよく深夜に酔客を連れて来ては、飲み直していた。みんな若かったのだ。「そば！」「すいとん！」と作らせる。

睡魔と疲れとで私は怒っている。大鍋を火にかけ沸騰するのを待つ。壁にもたれて片目を開け片目で眠りながら。なかなか完全沸騰しない。待ちきれない私は、完全沸騰する前に、ぱらぱらとそばを湯の中へ振り入れた。ゆで時間が十五分もかかる県北産の黒っぽい乾麺だ。すると突然、そばがガリガリ、バリバリバリと生き物のように湯の上に立ち上がってきた。テレビなどでよく見る未確認生物が突如、湖面より立ち上がってくるように。

驚いた。初めて目にする光景だ。すっかり眠気が吹っ飛んでしまった。完全に立ち上がったその姿は色といい、形といい、まるで庭ほうきのようだった。それらを捨ててまた一からやり直す。二度手間だ。そばと並行してすいとんの準備もする。十分に粉をこね、十分に寝かせると柔らかくておいしいのだが、そんなことをしていたら朝になってしまう。私はささっとこね、さっと寝かせて作ることにした。教材用粘土のような固さだ。それを沸騰している湯の中へちぎっては投げ、ちぎっては投げて作った。怒りも込めて。おそろしく歯応えのあるすいとんになってしまった。客人と主人は酔いと空腹のため、文句も言わずに食べている。

次は雑談のお相手。とっくに日付は変わっている。その夜の客人はＹ氏。当時、四十歳くらいだった。細身で長身。アラン・ドロン似だ。かなり出来上がっている。あぐらをかき、右にゆっくり六十度、今度は左にゆっくり六十度と、体を傾けながら持論を展開している。かなりの論客だ。

会話の中で私が「……肩身が狭くって」と言った時、彼はしゃきっと背を真っすぐに起こし、酔いがさめたかのようにはっきりとした口調で言った。

「いやぁ、違う。ぼかぁ、奥さんの肩幅がうらやましい。すばらしい肩幅だ。見事だ。立派だ」「……」。そんなに絶賛されたって……。

第一、女性に対するほめ言葉ではない。その反対だ。私は傷ついた。まだ二十代だった。私が「肩身が狭くって」と言ったのを彼は酔いのため、「肩幅が狭くって」と聞き違えてしまったのだ。そういえば、彼はいつもスーツを着ているので分からないが、どちらかというと華奢な感じの肩幅なのかもしれない。

それから数年たち、二人の子にも恵まれた。人生で一番忙しい大変な時期だった。肩幅のことなどすっかり忘れていた。それからまた、長い年月がたった。今は一人暮らしだ。

二年ほど前、近くの医院で骨密度検査を受ける機会があった。初めての経験だ。結果はものすごく良かった。成人女性の骨量マックスは二十歳の時という。私は、それよりも良い数値だった。うれしい。どうしてこんなに良いのかしら。食事に気をつけているから？　ラジオ体操をしているから？　あっ、父の遺伝子だ。やっと気がついた。若い頃は父を恨んでいたが、高齢になるとそのがっちりさがありがたい。久しぶりに父を思い出し感謝をした。私に似て娘も肩幅が広い。「お母さんのせい」といつも文句を言われている。しかし、彼女もあと、五、六十年もすれば私に感謝をする時がくるだろう。

あとがき

令和四年度「樹氷賞」の報を頂きました時、私は大変、驚きました。そして天にも昇る心地とはこのようなことを言うのでしょうか、幸せの絶頂に立ったような気持が致しました。

さっそく御指導を頂いております白濱一羊主宰へ御報告に参りました。先生は「目標を達成しましたね。次は句集ですね」とおっしゃいました。私はぽかんとしてしまいました。〝句集〟という言葉は私の中には一ミクロンもありませんでしたので。その後しばらくして又、先生とお話しをする機会がありました時も、同様のお話が出ました。

私はそこで決心を致しました。御指導を頂いております一羊主宰への感謝の気持と、また賞へと導いて下さった幸運の女神様への御礼の気持とを込め句集を編むことに致しました。

過去十年間の句を集め並べてみますと、当時の句会での様子がまるで昨日のようにと言うよりも、つい、さっきのことのようによみがえって参ります。先生の優しくも深い知識に裏打ちされた適切な御講評、句友の皆様方のあたたかく、そして面白いコメント、すべてが思い出されました。

御指導の中で先生はいつも「正確な日本語」について熱く語って下さいました。「正確な日本語」ということを踏まえた上での作句は、大変、勉強になりました。

月に四、五回ある句会に納得のゆく句を持ってゆくことは大変なことでした。大変ですが止めないで続けて参りました。そのことはとても不思議です。俳句の力ということなのでしょうか。余生の中心に俳句を置いて参りましたことは幸せなことだったと確信をしております。

この句集に、主宰より素晴しい御序文を賜ることが出来ましたことは、誠に嬉しく感謝の気持でいっぱいでございます。何の取り得もない不肖の弟子に対しまして、主宰も御執筆に御苦労なされたことと思います。あたたかなる目線よりの御執筆内容に、私は涙があふれました。今まで生きて参りました中で一番にうれしく、そして一番に胸を打たれる文章でございました。ありがとうございます。心より御礼を申し上げます。

御指導を頂きました諸先生方、各句会でお世話になりました句友の皆様方、誠にありがとうございます。

句集作成に前向きでなかった私を励まし御指導下さいましたふらんす堂の山岡喜美子様、横尾文己様、大変、御世話になりました。

夭逝だった天上の夫もきっと喜んでくれていることでしょう。二人の子、三人の孫たちもいつの日かこの本を繙いてくれる日があればと願っております。

皆様、ありがとうございました。

令和五年六月吉日

大平春子

著者略歴

大平春子（おおひら・はるこ）

昭和20年　花巻市生
平成24年　「樹氷」入会
平成28年　樹氷賞受賞
　　　　　「樹氷」同人
平成29年　俳人協会会員
平成30年　岩手芸術祭「随筆」部門芸術祭賞
令和元年　岩手芸術祭「随筆」部門芸術祭賞
令和四年　樹氷賞受賞（令和三年・新設の賞）

現住所　〒025-0097　岩手県花巻市若葉町2-3-24

句集　春を待つ　はるをまつ

二〇二三年七月一二日　初版発行

著　者――大平春子

発行人――山岡喜美子

発行所――ふらんす堂

〒182-0002　東京都調布市仙川町一―一五―三八―二F

電　話――〇三（三三二六）九〇六一　FAX〇三（三三二六）六九一九

ホームページ　http://furansudo.com/　E-mail　info@furansudo.com

振　替――〇〇一七〇―一―一八四一七三

装　幀――君嶋真理子

印刷所――日本ハイコム㈱

製本所――日本ハイコム㈱

定　価――本体二六〇〇円＋税

ISBN978-4-7814-1564-2　C0092　¥2600E